GRANDE

Mediano

y

PEQUEÑO

Alice Brière-Haquet
y Célia Chauffrey

ediciones jaguar

miau

Esta es la historia
de tres amigos,
Grande, Mediano y Pequeño.

El primero, **Pequeño**, que es muy
pero que muy pequeñín.

Mediano que, la verdad, ni es
grande ni es pequeño.

GRAnde es todo lo contrario,
es inmenso, como es de esperar.

En esta historia están también
las casas de los tres amigos:
una grande, una mediana y una pequeña.

Pero no es
lo que tú crees.
No, no, no,
escúchame....

Pequeño vive en una gran casa:
con sus altos techos y sus divanes
acogedores, a veces se siente
como un rey.

GRANDE, vive en la casa mediana.
Esto no le plantea ningún problema,
porque es justo lo que le gusta, es
un sitio no muy grande que no
le deja sitio al viento.

Y *Mediano*, ¿entonces qué?

En la **pequeña casa**,
él juega con las mariposas.
Y cuando cae la tarde es
su amigo pequeño quien
le acoge por la noche.

En esta historia están también
las tres mantas de los tres amigos:
una grande, una mediana y otra pequeña.

Pero, una vez más,
no es lo que tú crees.
¿Sospechas algo esta vez?

Pequeño usa
la **manta mediana,**
la que es de un bonito rojo
y con un poco de piel.
Una capa perfecta para
un rey imaginario.

GRANDE, prefiere
una manta pequeña en su casa, ni
siquiera en invierno hay corrientes
de aire.
Sin embargo, cuando hace bueno se
pone un sombrero.

¿Y *Mediano* qué?

Él está encantado con tener la **manta más grande**,
se enrolla dentro, como un capullo
antes de convertirse en mariposa.

En esta historia están también
tres muñecos de los tres amigos:
uno grande, uno mediano y uno pequeño.

¡Pero ahora
ya se pone seria la cosa!
Un muñeco no es algo que
se pueda intercambiar…

Cada uno con el suyo:

GRANDE, tiene un gran perro.

Mediano, un conejito mediano.

Y **Pequeño** un pollito pequeño.

Cada uno
se duerme en su cama,
Grande, Mediano y Pequeño.

¡ZZZ! ¡ZZZ! ¡zzz!

En esta historia también hay
una luna que vela por los sueños
de los tres amigos durante la noche.

Una luna,
¿solo *una*?

Una sola luna es perfecta.

Pues,

GRande,

Mediano y Pequeño

son más que suficientes

para poder abrazarla.